DIAMANTS

BIJOUX, ARGENTERIE, VERMEIL, PLAQUÉ

FOURRURES, CACHEMIRES, DENTELLES

Garde-Robe en Soie et Velours

ET

RICHE MOBILIER MODERNE

VENTE APRÈS DÉCÈS

Le Mardi 23 Octobre 1866 et jours suivants

24, RUE FRANÇOIS IER

Étude de Me BAUDRY, Commissaire-Priseur, à Paris
rue Neuve-des-Petits-Champs, 50.

PARIS — 1866

EXEMPLAIRE DE DIDOS

RENOU & MAULDE

IMPRIMEURS DE LA COMPAGNIE DES COMMISSAIRES-PRISEURS

Rue de Rivoli, 144.

CATALOGUE

DE

DIAMANTS

Bijoux, Argenterie, Vermeil, Plaqué, Fourrures, Cachemires, Dentelles, Garde-Robe en soie et velours,

RICHE MOBILIER MODERNE

TABLEAUX, AQUARELLES, BRONZES & DORURES

DONT LA VENTE AUX ENCHÈRES PUBLIQUES AURA LIEU

24, RUE FRANÇOIS Iᴱᴿ

Le Mardi 23 Octobre 1866 et jours suivants,

A UNE HEURE PRÉCISE

Par le ministère de Mᵉ **BAUDRY**, Commissaire-Priseur, à Paris,
rue Neuve-des-Petits-Champs, 50,

ASSISTÉ :

Pour les **Diamants** et **Bijoux**, de **M. MARTIN**, Expert,
rue Saint-Marc-Feydeau, 20 ;

Et pour les **Tableaux** et **Objets d'Art**, de **M. DHIOS**, Expert,
rue Lepeletier, 33,

Chez lesquels on délivre les Catalogues, les Notices et les Cartes d'Entrée de l'Exposition Particulière.

EXPOSITION PARTICULIÈRE	EXPOSITIONS PUBLIQUES
Le Samedi	Les Dimanche et Lundi
20 Octobre 1866	21 et 22 Octobre 1866
DE MIDI A 4 HEURES.	DE MIDI A 4 HEURES.

PARIS — 1866

ORDRE DES VACATIONS

MARDI 23 OCTOBRE

Diamants, Bijoux, Argenterie, Vermeil et Plaqué.

MERCREDI 24 OCTOBRE

Fourrures, Cachemires, Dentelles, Garde-Robe en soie et velours, Objets d'Art, Tableaux, Bronzes et Ustensiles de Ménage.

JEUDI 25 OCTOBRE

Porcelaines, Cristaux, Meubles, Siéges, Tentures.

VENDREDI 26 OCTOBRE

Continuation du Mobilier et de tous les Objets non vendus dans les précédentes Vacations.

CONDITIONS DE LA VENTE

Elle sera faite au comptant.

Les Acquéreurs paieront, en sus de leurs adjudications, cinq centimes par franc, applicables aux frais de la vente.

BIJOUX

NOMBREUX & BEAUX BIJOUX MODERNES

Une Rivière montée de quarante-deux chatons en brillants.

Une Broche en or, ornée de deux très-belles perles noires, ronde et en forme de poire, avec double entourage et ornements en très-beaux brillants.

Une riche Parure en turqnoises et très-beaux brillants, composée d'un bracelet, d'une broche et d'une paire de boucles d'oreilles, avec grandes pendeloques.

Une paire de Boucles d'oreilles montée de deux très-belles roses, avec pendeloques formées de brillants coupés et roses de Hollande.

Une Parure en émeraudes, brillants et roses, composée d'une broche, d'une paire de boucles d'oreilles avec doubles pendeloques.

Un très-beau Bracelet en or émaillé blanc, orné d'un saphir, de douze perles fines d'Orient et de beaux brillants.

Un autre Bracelet en or, très-finement repercé, orné de trois rubis, trois perles fines, entourés de brillants et roses.

Deux Peignes à bandeaux ornés chacun de dix-sept beaux brillants.

Une paire de Boucles d'oreilles en brillants, avec pendeloques formées par quatre anneaux ornés de vingt-quatre brillants.

Une Montre à cylindre et remontoir, cuvette enrichie d'un rubis, pavée de roses de Hollande.

Une paire de Boutons de manches en or, avec entourage en rubis et nœuds en brillants.

Une Parure en or et camées émeraudes entourée de roses, composée d'une broche et d'une paire de boucles d'oreilles, à pendeloques.

Une belle Bague ornée d'un saphir entouré de douze brillants.

Une Bague chevalière formée d'un gros brillant et de deux émeraudes.

Une autre Bague, forme marquise, ornée de trois brillants, entourés de rubis et de roses.

Trois Étoiles en brillants, pour former peignes ou bandeaux.

Une Chaîne de col garnie de douze perles fines.

Une Boucle de ceinture ovale en or, perles et brillants.

Une très-jolie Parure en or, pavée en turquoises et brillants, composée d'une broche, d'une paire de boucles d'oreilles et de boutons de manches.

Parures en corail rose et autres.

Plusieurs belles Bagues et Bracelets, émeraudes, saphirs, rubis et brillants.

Quantité d'autres Bijoux non catalogués.

NOMBREUSE ARGENTERIE

Dix-huit Couverts à coquilles marqués E.D.

Douze Couverts à médaillons, même marque.

Cuillers, Louches.

Plats.

Théières.

Cafetières.

Sucriers.

Beurriers.

Saucières.

Légumières, Poëlons, Timbales, et quantité d'autre pièces.

VERMEIL

Un grand Pot à eau et sa Cuvette, pesant **2** kilogrammes 865 grammes, et pièces diverses.

MOBILIER

ANTICHAMBRE

Grande armoire, table et chaises en chêne sculpté.

SALON

Très-belle et grande garniture de cheminée en porcelaine,
pâte tendre, bleu turquoise. La pendule, à cadran tournant,
est formée par un vase de forme ovoïde, et décorée d'un très-
beau médaillon peint, représentant l'enlèvement d'*Europe*.
La monture, en bronze finement ciselé et doré, est ornée
de deux statuettes de femmes assises (l'Astronomie et l'His-
toire).

Les deux candélabres en forme de vases, même porcelaine,
sont décorés de doubles médaillons, très-finement peints,
sujets mythologiques et bouquets de fleurs. La monture, en
bronze ciselé et doré, avec anses formées par des enfants, est
surmontée de bouquets de lis à six lumières.

Piano droit, en bois noir et gravé, à sept octaves, d'Érard.

Meuble de salon, recouvert en damas de Lyon cramoisi, composé de deux causeuses, deux grands confortables, quatre fauteuils et quatre chaises.

Deux paires de grands rideaux en même étoffe, molletonnés et doublés en florence, avec garnitures, embrasses et accessoires.

Rideaux de vitrage en tulle brodé et tapis en moquette.

Pouff en tapisser. à l'aiguille.

Deux meubles à hauteur d'appui en thuya et palissandre ornés de frises à jour en bronze doré et de deux grands médaillons ovales en marqueterie de bois représentant des attributs de musique, à dessus de marbre blanc et à balustres.

Deux tables à jeu en marqueterie de bois à fleurs, mêmes attributs, ornements en bronze.

Garniture de foyer, style Louis XVI, porte-pelle, pincettes et devant de feu.

Deux statuettes en bronze : les Danseurs napolitains, par *E. de Labroue.*

Une coupe en bronze artistique, ornée de statuettes de femmes représentant les quatre Saisons.

Quatre grandes lampes en bronze doré ornées de figurines d'enfants et de génies, soutenant des bouquets de fleurs.

Un grand lustre en cuivre doré, à vingt-quatre lumières, garni de cristaux de Bohême.

Une grande glace biseautée avec encadrements en bois doré, style Louis XVI.

Une autre glace avec encadrement en bois doré, style rocaille.

Deux glaces-appliques en bois sculpté et doré, style Louis XIV.

Groupe en biscuit de Sèvres, sur socle en bronze doré.

SALLE A MANGER

Ameublement en bois de chêne sculpté, composé d'un grand buffet avec portes ornées de trophées d'armes, d'un dressoir et d'une table.

Quatre grands fauteuils et six chaises recouverts en moleskine imprimée.

Grand et beau cartel en bronze ciselé et doré, style Louis XVI.

Suspension en bronze doré et argenté.

Service en porcelaine anglaise, verrerie, cristaux et objets d'étagère en faïence ancienne.

Lampes Carcel, stores.

Tapis de table et deux paires de rideaux en velours vert, avec bandes en tapisserie à l'aiguille, molletonnés et doublés en florence.

Rideaux de vitrage en tulle brodé.

Tapis en moquette.

BOUDOIR

Petite pendule en bronze doré ornée de médaillons et d'une statuette bleu turquoise.

Très-belle armoire en bois noir, à frontons, ornée de quatre grands médaillons ovales, avec encadrements et frises en bronze doré.

Chiffonnier-secrétaire à pans coupés en bois de palissandre.

Chaise longue recouverte en quinze-seize cramoisi.

Une paire de grands rideaux en cretonne, molletonnés et doublés.

Un fauteuil confortable recouvert en même étoffe.

Tablette de cheminée en tapisserie à l'aiguille.

TABLEAUX & AQUARELLES

PAR DIVERS MAITRES

CHAMBRE A COUCHER

**Les tentures et rideaux qui décorent cette pièce
sont en quinze-seize cramoisi.**

Un lit capitonné recouvert en même étoffe, avec sommier
élastique et literie.

Six rideaux de vitrage en tulle brodé.

Pendule en onyx, à échappement visible.

Deux candélabres en bronze doré, ornés de cristaux, à six
lumières.

Un petit lustre en même bronze, avec cristaux.

Une glace avec encadrement en bois doré, style rocaille, semblable à celle du salon.

Deux Meubles, à hauteur d'appui, en bois noir, garnis de bronze dorés, à dessus de marbre.

Une caisse de sûreté de *Valet*.

Table de nuit en bois de rose, avec bronzes.

Quatre chaises en bois doré recouvertes en quinze-seize.

Deux pliants en bois doré, recouverts en tapisserie à l'aiguille.

Tabourets de pieds en même tapisserie.

Housses recouvrant les tentures, rideaux, portières et meubles.

CABINET DE TOILETTE

Ameublement en chêne finement sculpté, comprenant une grande armoire, à fronton et à balustres, avec portes en glace, et une toilette à trois vantaux, à dessus de marbre blanc, avec tiroirs à l'anglaise.

Un fauteuil confortable et deux chaises, recouverts en tapisserie à l'aiguille et toile perse.

Nécessaire de voyage en cuir de Russie, avec garniture en argent et ivoire.

Tête-à-tête en porcelaine, orné de médaillons représentant la famille de Louis XVI.

Tasse, soucoupe et cuiller en vermeil émaillé, dans un écrin.

CAVE

Vins de Bourgogne, Sauterne, Saint-Julien et Château-Laffitte.

FOURRURES

Manteaux, rotondes, boas, manchons, sorties de bal, en martre zibeline, martre du Canada, hermine, chinchilla, petit-gris et astrakan.

CACHEMIRES

Plusieurs Cachemires dont :

Deux Châles longs, *de la plus grande finesse et fraîcheur*, en cachemire des Indes :

L'un fond bleu, *espèce dite Russe*,

L'autre fond blanc, à deux faces, *même espèce.*

DENTELLES

Châles, garnitures de robes et volants en angleterre et chantilly.

GARDE-ROBE

Manteaux, robes et peignoirs en velours et soie de diffé-
rentes couleurs.

OBJETS NON CATALOGUÉS

Objets d'étagère, coffrets de forme et décors divers, ustensiles de cuisine, etc.

Renou et Maulde, imprimeurs de la Compagnie des Commissaires-Priseurs,
rue de Rivoli, 144.   55827

10-2   [illegible] _______________________

2   [illegible] _______________________ 400

1   [illegible]

[illegible]

[illegible]   architecte _______________________ 55-[illegible]

[illegible] _______________________ [illegible]

55 [illegible] _______________________ [illegible]

[illegible] _______________________ 24[illegible]

100, 10[illegible]   [illegible] _______________________ 38 -

2[illegible]   [illegible] _______________________ 18[illegible]

7   [illegible] _______________________ 70 - 3[illegible]

[illegible] _______________________ 18 -

1[illegible]   [illegible]   [illegible] _______________________ 68 [illegible]

4 72   [illegible]   Louis XV _______________________ 2[illegible] - [illegible]

[illegible] _______________________ 1[illegible]

114   [illegible] _______________________ 73 [illegible]

[illegible]   Bergers _______________________ 2[illegible]

[illegible] _______________________ 2[illegible]

[illegible] _______________________ [illegible]

[illegible] _______________________ [illegible]

[illegible] _______________________ 1[illegible]

____
1683, [illegible]